ASSASSINATO NAS CARTAS

CONTOS DE NIKI DUPRE LIVRO 1

JIM RILEY

Tradução por
MONICA MARTINS

*Para a mais bela
Você sempre foi e sempre será
A única certeza sobre a sorte
é que mudará.*

*Bret Harte
(1836-1902; autor e poeta americano)*

A verdadeira sorte não consiste
em ter as melhores
cartas da mesa;
o mais sortudo é
aquele que sabe
quando se levantar e ir embora.

John Milton Hay
(1838-1905, estadista, diplomata, autor e jornalista americano)

CAPÍTULO UM

Carol Robertson estava com sorte. Nunca os deuses do pôquer tinham sido tão bons com ela. E durante um torneio tão grande! A professora não acreditava no próprio sucesso no *Louisiana Women's Poker Open*, em St. Francisville. Quando precisava de um sete de paus, conseguiu. Quando precisava do ás de ouros, o carteador virou.

No final deste inacreditável dia de abertura, ela transformou uma taxa de entrada de dez mil dólares em 185 mil em fichas. O suficiente para pagar a sua pequena casa de dois quartos. Apenas oitenta jogadores restaram para a rodada final na mesa.

Depois de um pouco de azar, incluindo dois divórcios dolorosos, Carol teve vontade de comemorar. Ela raramente bebia e quando o fazia era com moderação. Mas esta noite era diferente. Ela tinha um motivo para ficar entusiasmada. 185 mil motivos. Ela queria prolongar este dia o máximo possível.

Vários outros jogadores chegaram no bar muito mais cedo. Especialmente os que foram eliminados do torneio. Alguns eliminados pela própria Carol. Eles se voltaram para cumprimentar a pequena professora assim que ela chegou.

"Olha quem temos aqui", disse um deles. "Pode fazer aparecer um bloody Mary do nada como fez com aquelas cartas?"

"Quem me dera", disse Carol. "Nunca tive tanta sorte na minha vida."

"Não, querida", disse outro. "Uma ou duas vezes no dia é sorte. Conseguir a carta "river" em todas as rodadas é outra coisa."

Carol só conseguia concordar com a cabeça. A carta river era a última das cinco cartas a ser revelada na mesa. Cada jogador usava essas cartas e duas das cartas individuais que tinham para fazer uma mão. A maioria das cartas river distribuídas no torneio melhoraram imensamente a sua mão.

"O que está insinuando?", Carol perguntou.

"Com quem está dormindo para ter sempre a carta certa?", a mulher sorriu. "Deve ser melhor na cama do que aparenta."

Carol não conseguia controlar seu temperamento. Isso tinha sido um problema nos seus casamentos fracassados. Agora era um problema aqui. Ela tinha acabado de ter um dos melhores dias da sua vida, e esta senhora, Ann Clement, fez parecer como se ela tivesse trapaceado.

"Ann, retire o que disse imediatamente", gritou Carol. "Eu tive um dia incrível. Se você não fosse uma puta que dormisse com qualquer um que use jeans, talvez conseguisse uma boa mão de vez em quando."

A única descrição adequada da cena que se seguiu só poderia ser a de uma briga de gatos. Uma dúzia de mulheres se transformaram em garras e arranhões, gritos e maldições. Elas arrancaram cabelos pela raiz. Enfiaram dedos nos olhos. Tentaram asfixiar-se umas às outras. Muita frustração se instalou. Nenhuma delas sabia porque brigavam. Apenas parecia a coisa certa a fazer.

CAPÍTULO DOIS

Carol acordou na manhã seguinte com o som de tambores batendo entre os ouvidos e atrás dos olhos. Não se sentia tão mal desde que Jim LaFleur batizara o ponche no seu baile de formatura e a convencera a beber meia dúzia de copos. Ela era muito mais jovem na época e se recuperou depois de vomitar.

Ela se arrastou para fora da cama e olhou para o despertador. Ver as horas teve mais efeito em fazê-la ficar sóbria do que vomitar. A professora tinha apenas vinte minutos para chegar ao hotel para a mesa de pôquer. Ela vestiu roupas limpas, pegou algumas pastilhas de menta para o hálito e saiu.

A estrada estava lhe pregando peças. As curvas pareciam não ter fim e, de repente, terminavam. O Ford Mustang de Carol serpenteava por toda a autoestrada e, às vezes, pelos acostamentos. Como ela evitou um acidente só pode ter sido um milagre. Talvez os deuses do pôquer ainda estivessem com ela.

Carol tropeçou no corredor gigante com dez minutos de atraso, seus olhos pareciam mapas rodoviários vermelhos. Na terceira tentativa, ela localizou o caixa.

"Bom dia, Sra. Robertson", o jovem alegre atrás do guichê a cumprimentou. "Pronta para outro grande dia?"

A voz dela ecoou em seus próprios ouvidos. Alguém martelando pregos teria sido menos doloroso. A conversa nunca terminava na mesa das mulheres enquanto jogavam pôquer. Carol sabia que não suportaria as brincadeiras intermináveis devido ao seu estado. Infelizmente, ela não teria que suportar.

CAPÍTULO TRÊS

"Minha senhora." Um cavalheiro vestido com um terno de riscas cinzentas apareceu ao seu lado. Ele estava muito bem-vestido para ser um dos seguranças do local.

Carol virou-se para o lado errado. Depois corrigiu-se e encarou o homem.

"Desculpa, não tenho tempo para conversar. Já estou atrasada para a minha mesa."

"É Carol Robertson?", perguntou ele.

"Sim, sou eu", respondeu . "E quem é você?"

"Sou Steve Harris, do Departamento de Polícia da Paróquia de West Feliciana." Ele tirou o distintivo e o mostrou. Seus olhos embaçados não conseguiam focar na estrela. Ela mal conseguia ver as feições dele. Concordou com a cabeça.

"Preciso lhe fazer algumas perguntas, Sra. Robertson."

"Tudo bem, mas não agora", respondeu Carol. "Se é sobre aquele fiasco no bar ontem à noite, então não fui eu que comecei. Fui eu que terminei."

"Minhas perguntas envolvem uma participante. Lembra-se de ter batido em Ann Clement?"

"Sim. Bati na puta o máximo que pude antes de me tirarem de cima dela. Eu a odeio e pode dizer isso a ela por mim." Carol tentou empurrar o detetive.

Steve Harris não saiu do lugar.

"Como estava Ann da última vez que a viu?"

"Estava como a vadia que era. Chutei aquela bunda gorda pelo bar inteiro."

"Mas ela estava viva e parecia bem da última vez que a viu?", perguntou ele.

"Claro que estava, mas não que eu não tivesse tentado. Eu bati na vadia com tudo o que tinha, tantas vezes quanto pude."

Harris sorriu e tirou as algemas do cinto.

"Isso me parece uma confissão."

"Mas eu disse que ela começou a briga. Pergunte a ela você mesmo."

"Bem que eu gostaria", disse Harris. "Ann Clement está morta."

CAPÍTULO QUATRO

H AM A LVAREZ TENTOU ACERTAR um tapa pesado na cabeça de Niki Dupre. Mas acertou o ar. A cabeça loira já estava atrás do mais velho dos três irmãos.

Ham, Sham e Bam Alvarez invadiram um armazém na esperança de roubar algo de valor. Qualquer coisa que pudesse ajudar a pagar por mais metanfetaminas. O vício é horrível, e os irmãos era terrivelmente viciado.

O erro deles foi escolher um armazém protegido pela Red Stick Insurance. Esta firma mantinha Niki, uma investigadora particular, em tempo integral para apurar quaisquer perdas, fossem por fraude ou roubo. Quando o alarme soou, eles chamaram imediatamente a detective de pernas longas.

Niki chegou quando o trio saía do prédio. Se estivessem sóbrios, poderiam ter reconhecido a famosa detetive. As suas façanhas na Ilha Spirit mereciam aclamação nacional. Mas os viciados em metanfetaminas não tinham medo. Quando viram a senhora esguia, riram.

"Parem aí mesmo, rapazes", disse Niki, sem nenhuma arma à vista.

"E quem vai nos impedir?", Ham debochou.

"Eu vou." Niki deu um passo à frente.

"Você não passa de uma mulherzinha. Tem uma arma ou algo assim?"

"Eu tenho uma arma, mas prometo que não vou usar", disse Niki.

Ham olhou para seus irmãos e riu como um pré-adolescente, apesar de todos eles terem mais de trinta anos.

"Rapazes, estamos prestes a comer a sobremesa."

Então deu um soco de direita na direção de Niki. Quando percebeu que ela não estava na frente dele, Sham e Bam já estavam se contorcendo no chão. Quando Ham se virou, o pé de Niki o atingiu no queixo, estalando seu pescoço para trás.

Antes que Niki pudesse fazer mais estragos, seu celular tocou.

CAPÍTULO CINCO

"Niki, você precisa me ajudar", gritou Carol. "Estão dizendo que matei Ann Clement. Eu não matei."

A professora ligou para Niki, a detetive particular mais bem-sucedida de Louisiana, usando o telefonema que lhe era permitido. A loira entregou o caso de roubo à polícia local e foi para a delegacia em St. Francisville.

"Não foi isso que você contou ao detetive de homicídios", disse Niki enquanto olhava para a figura lamentável do outro lado do vidro. "Você disse que queria matar a Ann."

"Eu já estava louca o bastante, é verdade." Carol inclinou a cabeça. "Só estava desabafando um pouco."

"O relato preliminar é um coágulo sanguíneo atrás da orelha esquerda. Lembra-se de ter batido lá?"

"Não", admitiu a Carol. "Depois da briga, acalmei os nervos tomando algumas bebidas. Algumas transformaram-se em muitas. A última coisa que me lembro é de acordar na minha cama com a pior de todas as dores de cabeça. Podia ter matado uma dúzia de pessoas sem me lembrar de nenhuma delas."

"Então não pode afirmar que não matou a Ann?"

"Não poderia ter batido na vadia com força suficiente para matá-la. Não sou como você. Não conheço toda essa porcaria das artes marciais. Eu ainda brigo à moda antiga. Acertei-lhe com os meus punhos."

"Vamos recomeçar. A partir de agora, quando se referir à Ann, referira-se a ela como amiga ou conhecida, não como uma *vadia*. Entendido?"

"Mas isso é o que ela era. Só porque está morta não muda o que a vadia era quando estava viva."

"Já disse o suficiente ao Detetive Harris para que isso seja usado contra você no tribunal. Não faz sentido continuar repetindo", disse Niki.

A investigadora esperou que Carol concordasse com a cabeça antes de continuar.

"Tem certeza de que bateu na Ann com os punhos?"

"Diabos, não me lembro. Eu estava tentando esbofeteá-la. Não me lembro se bati com os punhos ou se dei um tapa com a palma da mão."

"Então não diga a ninguém que o fez", disse Niki. "É praticamente impossível que um tapa tenha força suficiente para causar uma hemorragia cerebral, mas um soco com o punho com força suficiente atrás da cabeça pode facilmente causá-la."

"Meu Deus!" Carol quase caiu da cadeira. "Está dizendo que posso ter matado a... minha amiga?"

CAPÍTULO SEIS

"Você TEM as filmagens das câmeras de segurança?", Niki perguntou.

A detetive retornara a sua casa, que também funcionava como escritório. Donna Cross, sua amiga e sócia, terminou uma fatia de pizza antes de responder. A loira escultural não se parecia em nada com uma detetive. Mas isso pouco importava porque ela podia invadir qualquer banco de dados do mundo sem deixar rastro. Em vez de pedir ao hotel ou à polícia para fornecer as imagens de vídeo, Niki pediu a Donna.

"Os homens pensam em sexo o tempo todo?", Donna riu. "Eu já tinha conseguido antes de você chegar à prisão de West Feliciana. Só estava esperando para te mostrar."

"Rode, rode, rode", Niki riu, olhando por cima do ombro da amiga.

Três câmeras registraram a maior parte da ação no bar. Duas no interior do local, uma do lado de fora do corredor. Essa foi a que mostrou Carol chegando com um enorme sorriso.

"Ela não parece estar querendo brigar", disse Donna

enquanto pegava outra fatia de pizza. "Eu diria que ela estava comemorando."

"Foi o que ela me disse", disse Niki. "Mas Ann acusou-a de dormir com o carteador para conseguir boas cartas e o humor da Carol desceu ladeira abaixo."

"Não vejo como isso seria possível. Eu assisto pôquer na televisão, e eles mudam os carteadores regularmente. Eles também fazem os jogadores mudarem de mesa o tempo todo. Como poderia um carteador lhe dar as cartas o dia todo?"

"Exatamente", disse Niki. "As acusações são infundadas. Não tem como a casa favorecer um jogador acima de todos os outros. Estariam falidos em menos de uma semana, se isso fosse verdade."

Donna apontou para a tela.

"Lá está ela. Eu mudei para a câmera da entrada. Ela parece feliz como um passarinho."

"Não me admira", Niki riu. "Ela acabou de ganhar mais do que ganharia em três anos de trabalho como professora em Zachary. Mas não tenho a certeza de como ela conseguiu a quantia inicial."

"Isso pode ser algo para se investigar", Donna continuou a rodar as imagens enquanto comia outra fatia de pizza." Aqui está Carol onde a briga começou. A senhora com o cabelo grisalho é Ann Clement."

Niki olhou mais de perto. As filmagens não tinham áudio, mas era evidente que Carol e Ann estavam discutindo. As palavras exatas importavam menos do que o fervor com que foram pronunciadas.

"Eu não sabia que as mulheres falavam assim", disse Donna.

"A maioria de nós não fala", respondeu Niki. "Você não ouve isso no banco de trás da Primeira Igreja Batista."

"Não sei quanto a isso", Donna sorriu. "Devia sentar-se lá

atrás às vezes. "É incrível todos os segredos que surgem entre os *'améns'* dos bancos da frente."

CAPÍTULO SETE

"Isso ajuda", disse Niki. "É óbvio pelo vídeo que Ann Clement deu o primeiro soco. Rebobine uns oito segundos e vamos ver novamente."

Donna obedeceu. As duas amigas observaram o começo da briga em câmera superlenta. Nada diferente em relação à versão em velocidade normal do vídeo. Voltaram à velocidade normal e deixaram o filme rodar até o fim.

A briga terminou quando dois seguranças corpulentos tiraram as duas da multidão. As mulheres frustradas, muitas das quais haviam perdido a aposta, não facilitaram o trabalho. Continuaram a bater nas outras mulheres e nos seguranças. Liberar a raiva e decepção era mais importantes do que a identidade das vítimas.

Carol Robertson esteve no meio da briga, do início ao fim. A professora bateu até que um guarda lhe prendeu os braços atrás das costas. Ann Clement foi a última pessoa a se levantar do chão. Os braços e o rosto estavam cheios de arranhões.

Ann perdeu a briga. Ela sabia disso. A mulher cuspiu em

Carol Robertson ao passar. Quando Carol revidou, Ann atacou mais uma vez a professora imobilizada. Ela bateu em Carol duas vezes antes de Robertson se soltar do segurança.

E então aconteceu. O coração da Niki apertou. Carol acertou um soco bem atrás da orelha de Ann.

CAPÍTULO OITO

O GOLPE DERRUBOU a senhora de cabelo grisalho no chão, e o policial agarrou Carol novamente. Desta vez, ele colocou um par de algemas em seus pulsos. Assim que ele se afastou, Ann levantou do chão e atingiu Carol novamente. O homem corpulento se colocou entre as duas e puxou Ann para trás.

Ele segurou o punho de Ann no ar e prendeu-lhe os braços atrás das costas. Ann se retorceu e deu-lhe um pontapé na canela. Com apenas uma perna boa, ele se defendeu da senhora de cabelos grisalhos. Seu parceiro, vendo o guarda em apuros, passou os braços musculosos em volta de Ann e a levantou do chão. Em seguida, atirou-a no chão.

"Só vi um golpe que poderia ter causado a hemorragia", disse Niki. "Pode ter havido muito mais no meio da confusão."

"De forma alguma um júri condenaria Carol com base nessas filmagens", disse Donna, agarrando uma asa de frango. "Foi legítima defesa. Ela tem esse direito."

"Temos duas coisas contra nós", disse Niki.

"Quais são essas duas coisas?"

"Não podemos negar que Carol atingiu a Ann no lugar que poderia causar danos."

"Mas pode ter havido vários outros golpes que não conseguimos ver." Donna pegou outra asa de frango.

"Esse é o problema", Niki assentiu com a cabeça. "Nós não vimos os golpes e nem o júri que vai decidir se Carol é culpada ou inocente."

"Entendo o que você quer dizer." Donna pegou um pedaço de pão de queijo. "Qual é a outra coisa?"

"Carol é que se aproximou das outras mulheres. Teríamos um caso melhor se ela estivesse lá antes. Isso pode ser interpretado como se ela tivesse vindo para provocar."

"Mas ela só foi ao bar para comemorar. Nada além. Não há nada de mal nisso."

"A menos que esteja nas mãos de um promotor habilidoso que queira prender outro réu num caso de homicídio. Então é cruel."

"Podemos lidar com as duas questões", disse Donna.

"Tem um terceiro problema. Carol é de Zachary."

"E daí?", Donna perguntou. "Que diferença isso faz?"

"As pessoas em St. Francisville não gostam dos cidadãos de Zachary. Os consideram ardilosos e sem classe."

"Talvez devêssemos almoçar na pizzaria de lá e perguntar a alguns moradores", disse Donna.

"Você está comendo desde que eu cheguei."

"Eram só uns aperitivos. Estou pronta para uma refeição."

Donna se dirigiu para a porta antes que Niki pudesse protestar.

CAPÍTULO NOVE

"Detetive Harris, obrigada por me receber", disse Niki.

Eles se sentaram em uma sala de interrogatório no gabinete do Xerife de West Feliciana.

"Sem problemas", respondeu o belo detetive. Harris estava vestindo o mesmo terno cinza que usou quando prendeu Carol Robertson. Seus traços fortes e seus braços musculosos indicavam uma dieta disciplinada e a prática regular de exercícios físicos. Seu rosto sugeria inúmeros segredos que nunca poderiam ser revelados.

Ele continuou. "Sempre quis te conhecer. Gostaria de ver se a sua reputação é exagerada ou merecida."

"Não sei a qual parte da minha reputação você se refere, mas garanto que ganhei meus honorários em todos os casos."

"Esse é o problema", disse Harris. "Ninguém é tão bom assim. Estou sempre fazendo algo errado, de acordo com a minha mulher. Ela tem uma lista e está sempre me lembrando dos meus defeitos."

"É por isso que você não é mais casado?", Niki perguntou.

"O que?", Steve olhou para a marca da aliança no dedo. Ele olhou de volta para Niki, "Muito observadora."

"E você sente muita falta da sua mulher. E espera voltar com ela em breve", disse Niki.

"Não, sim. Como é que você sabe?"

"Porque você fica esfregando o dedo na esperança de que a aliança apareça magicamente. Isso significa que você espera que sua mulher também apareça."

Harris balançou a cabeça e mudou de assunto.

"Espero que esteja aqui para discutir um acordo judicial. Não sei se quero que conte ao mundo todos os meus segredos em um tribunal."

"Já viu as filmagens do vídeo? Mostra que elas agrediram Carol primeiro. Ela tem o direito constitucional de se defender."

"Eu vi", disse Harris. "A sua cliente aproximou-se das outras mulheres no bar. O vídeo mostra que ela gesticulou para as outras, talvez se gabando do seu grande dia."

"Se gabar não é ilegal. Quantas vezes já se gabou do seu filho em um jogo de beisebol?"

"Como assim?", Harris olhou para as mãos, se perguntando se o haviam traído mais uma vez. "Como sabe do Tim?"

"É simples", respondeu Niki. "Você está evitando a pergunta. Por que presumiria que Carol violou a lei ao se gabar?"

"Você é estranha." Harris examinou cada objeto em sua mesa. "Chama-se incitar um motim. Um motim aconteceu pouco depois de Carol Robertson ter entrado no local."

"Isso não a torna responsável", disse Niki. "Ann Clement deu o primeiro golpe."

"Mas a Sra. Robertson deu o golpe fatal. Deve ter visto isso nas suas filmagens de vídeo roubadas."

"Não podemos afirmar", argumentou Niki. "Concordo que

Carol atingiu a têmpora da vítima. No entanto, isso não significa que foi o golpe fatal. Pode ter havido outros."

"Boa tentativa, Niki. Mas prefiro seguir as provas que vejo e não as que não consigo ver."

"Concordo. Eu posso ver coisas que os outros não veem", disse Niki.

A loira se levantou e deu um passo em direção à porta antes de parar e se virar. "Seu filho é um bom rebatedor, mas é apenas na Liga infantil. Eles jogam melhor na Liga Pony."

CAPÍTULO DEZ

Niki não conseguiu tudo o que queria da reunião, mas conseguiu algumas coisas. Estas incluíam os nomes de duas mulheres que jogaram pôquer com Carol e que também estavam na briga do bar. Ela precisava encontrar Crystal Mayes e Louise Drake.

Crystal jogava na mesa final quando Niki chegou. Ela liderava os outros jogadores em quantidade de fichas acumuladas. A mulher gorducha de vinte e poucos anos prestava pouca atenção à sua aparência. Alguém bateu em seu cabelo logo acima dos ombros. Ela não usava maquiagem e vestia-se como uma moradora de rua.

A sua abordagem no jogo era baseada em análises. A mulher baixinha olhava fixamente para cada carta distribuída aos outros jogadores. Alguns amadores deram uma pista das cartas que esperavam com um sorriso rápido ou com um brilho instantâneo nos olhos. Essa informação deu à Crystal uma enorme vantagem quando o resto das cartas foi revelado na mesa. No *Texas Hold´em*, cada jogador recebe duas cartas que não compartilham com os outros jogadores. Então o carteador vira cinco cartas; três, um, e um, com apostas entre as viradas.

A primeira rodada de apostas ocorre quando os jogadores recebem as cartas de espera. Um par de ases, ou *balas*, é a melhor mão inicial. A segunda rodada acontece após o *flop*, quando o carteador vira três cartas que qualquer um dos jogadores pode usar para fazer uma boa mão. A terceira rodada acontece após a quarta carta, *turn*, ser dada. As apostas finais são feitas depois que a quinta e última carta, o *river*, é revelada. A carta *river* define a rodada.

A essência da diversão no pôquer é tentar descobrir se uma mão pode bater outra sem ver as cartas que o outro jogador espera. Muitos profissionais têm aperfeiçoado a arte de blefar. Mesmo com mãos ruins, eles intimidam o controle da rodada. Raramente um jogador tem a melhor mão inicial, então todos são vulneráveis a um bom blefe.

Niki observou Crystal durante várias jogadas. Na maioria das vezes, a morena jogava de modo conservador. Isso significa que ela jogava com suas próprias cartas, apostando nas favoráveis e desistindo das outras. Ocasionalmente, ela quebrava o padrão.

Em uma rodada, Niki viu suas duas cartas quando Crystal olhou para elas. O 2 de espadas e o 7 de ouros eram a sua mão. Este par, 2 e 7, de naipes diferentes, são consideradas como as piores cartas iniciais no pôquer. As possibilidades de *flushes* e *straights* são muito reduzidas com essa combinação.

Crystal apostou as duas cartas como se tivesse tirado *balas*, ou dois ases. O jogador à sua frente aumentou a aposta lançando uma ficha verde de 250 dólares. Sem hesitar, Crystal jogou uma ficha azul de 1000 dólares no topo da pilha. Isso significava que os outros sete jogadores tinham de igualar a ficha azul. O jogador que fez a primeira aposta teve de colocar mais fichas que totalizavam 750 dólares.

Todos desistiram de suas cartas, exceto a apostadora inicial. Ela jogou uma ficha azul, aumentando o lance de Crystal em 250 dólares. Mais uma vez, sem hesitar, Crystal jogou três fichas azuis.

O suor se formou na testa da outra jogadora. Ela olhou novamente para as cartas de espera. Depois olhou para Crystal, incapaz de ler qualquer pista na expressão da senhora. Ela aumentou e esperou pelo *flop*.

O *flop* não ajudou Crystal. Um 10 de ouros, um 4 de espadas e um valete de copas. Ainda assim, Crystal liderou com um aumento de 5 mil dólares. A outra jogadora olhou para suas cartas. Tinham que ser boas para durar tanto tempo. Mas não as melhores. Niki imaginou um par de reis ou rainhas, dando ao outro jogador a melhor mão aparente. Niki sabia que a outra jogadora tinha a melhor mão.

Depois da rodada, Crystal continuou a farsa. Ela apostou mais 5 mil apesar do 6 de copas e do 10 de paus. O mais longe possível que podia chegar da mão de Crystal. A outra mulher relutou, mas igualou a aposta.

Depois veio a carta *river*. Crystal sorriu como se os deuses do pôquer tivessem lhe dado o presente de uma vida com o 8 de paus na mesa. A outra jogadora balançou a cabeça. Desta vez Crystal apostou 20 mil dólares, embora sua mão não valesse nada. A outra jogadora parecia prestes a chorar. Ela desistiu da melhor mão. Niki lamentou não estar no jogo.

CAPÍTULO ONZE

Niki esperou que Crystal fizesse seu intervalo para o almoço. Os oficiais do torneio escalonaram os intervalos, garantindo uma ação constante. A detetive de pernas longas seguiu a jogadora até o pequeno restaurante que ficava próximo às mesas. A maioria dos jogadores levava seus pedidos para os bancos sob os carvalhos ao ar livre. A detetive seguiu Crystal até um deles.

"Bom jogo", Niki acenou em direção às mesas.

"Obrigada", Crystal concordou com a cabeça. "Tive sorte que ela não me venceu."

"Por que diz isso?" Niki perguntou. "Não sabia quais eram as cartas que ela tinha."

"Não foi preciso." A jogadora abriu a embalagem de uma salada de atum. "Sei o que eu tinha. Isso era tudo o que eu precisava saber."

"Parece ser divertido. Gostaria de ter jogado."

"Você ainda pode entrar. Só que agora precisa de 20 mil em fichas. Eles querem que seja justo para todos."

"Vale por dois dias", disse Niki. "Posso conseguir mais?"

"Você pode chegar à média dos outros jogadores. Acho que é algo em torno de 60 mil."

"Talvez eu faça isso", disse Niki antes de mudar de assunto. "Conhece Carol Robertson e Ann Clement?"

Crystal parou de mastigar.

"Eu conhecia a Ann e conheço a Carol. É uma pena. Não consigo acreditar."

O tom da voz de Crystal pareceu estranho à Niki.

"Por que as duas brigaram? Houve algum desentendimento antes?"

"Acho que é mais fácil dizer que elas não se amavam. Ann achava que era a melhor jogadora de Louisiana e disse isso a Carol em mais de uma ocasião. Carol lhe respondeu que isso era bobagem."

"E ela é? Quero dizer, Ann é a melhor jogadora do estado?"

"Uma das melhores. Vários de nós podemos ganhar com as cartas certas. Se tirarmos uma boa mão inicial, não é assim tão difícil ganhar."

"Como elas estavam neste torneio?", Niki perguntou.

"Ambas estavam entre os cinco primeiros no final do primeiro dia. Carol tinha uma vantagem sobre Ann."

"Então Ann não gostou que sua concorrente tivesse mais fichas? Foi por isso que brigaram?", Niki perguntou.

Cristal concordou com a cabeça. "Agora nenhuma das duas vai ganhar. Os polícias encontraram o dinheiro reserva da Carol?"

"Dinheiro reserva?", Niki respirou fundo. "De que dinheiro reserva você está falando?"

"Ann trouxe mais 40 mil no caso de ter uma maré de azar. Então poderia entrar novamente no jogo"

Esta foi a primeira vez que a Niki ouviu falar de dinheiro perdido. Agora ela tinha uma pista a seguir.

CAPÍTULO DOZE

"Detetive Harris, aqui é Niki Dupre", disse ela ao telefone.

"Olá, e que parte da minha vida você vai revelar para que todo o mundo saiba hoje? Algo desonesto?", perguntou o belo detetive.

"Não acho que uma xícara de café e um pedaço de torta no café da manhã sejam algo desonesto. Você acha?"

"O que...?", ele engoliu em seco.

Niki imaginou o policial examinando a camisa, o terno e a gravata a procura de manchas. Ele não encontraria nenhuma.

"Nada assim tão importante, mas tenho uma pergunta. Você encontrou algum dinheiro extra com Carol Robertson quando a prendeu?"

"Ela não se lembra?", Harris perguntou.

"Carol não se lembra de muita coisa desde a briga. Tinha dinheiro extra com ela?"

"Ela tinha pouco mais de 2 mil na carteira e 40 mil debaixo do banco do carro. Estava embrulhado com um elástico. Essa é uma pergunta que tenho para ela. De onde veio esse dinheiro?"

"Não sabe onde ela conseguiu?", Niki perguntou.

"O meu palpite é a vítima, mas ainda não posso confirmar. Gostaria de dizer que estou certo ou vai me fazer trabalhar um pouco mais?"

"A maioria das pessoas aprecia as coisas que ganha", disse Niki. "Acho que vou te deixar ganhar esta sozinho. Você está no caminho certo."

"Como sabe que estou na pista certa?"

"Porque te conheci e agora sei muito sobre você." Niki não quis dizer ao belo detetive que tinha lido o arquivo de cabeça para baixo em sua mesa. Ela também não contou que tinha falado com Crystal Mayes antes dele.

"Senhora, alguém já te disse que você é muito estranha?"

"Só o meu noivo", Niki riu. "Continuo dizendo a ele que se quer realmente ver como posso ser assustadora, então espere até estarmos casados."

"Eu não dormiria à noite se me casasse com você", disse Harris. "Você é pior do que alguns dos psicopatas que já prendi."

"Só se tiver algo a esconder, Detetive Harris. Você tem?"

CAPÍTULO TREZE

Alguns minutos depois de terminar a ligação com Harris, Niki tinha 62 mil dólares em fichas. Oito jogadores ocuparam sua mesa designada, e ela se sentou na única cadeira disponível. Crystal Mayes não era uma das oito, mas Louise Drake era. O jogo da ruiva magra consistia em agressão e mais agressão. Ela fez a detetive se lembrar de um chihuahua que não parava de latir. Ela apostou em quase todas as mãos, independentemente das cartas.

A estratégia tinha funcionado bem para Louise até agora. Ela tinha o dobro de fichas de qualquer outra pessoa na mesa, e três vezes mais do que Niki. Na primeira mão que a loira jogou, um jogador profissional de pôquer aumentou as apostas em 6 mil. Ela olhou fixamente para ele enquanto atirava as fichas para a pilha.

Niki olhou suas cartas, um rei e uma rainha de copas. A detetive acompanhou o aumento, mas não aumentou a aposta. Apenas um outro jogador pagou para continuar a mão.

O *flop* revelou o rei de espadas, o rei de ouros e o 6 de paus. Três reis deram a Niki uma mão formidável, imbatível pelas cartas mostradas. O par de reis sobre a mesa não deteve Louise. Ela continuou com um aumento de 10 mil dólares.

Niki fez uma pausa, estudando as duas cartas em sua mão. Fechou os olhos e lentamente balançou a cabeça de um lado para o outro. A investigadora contou suas próprias fichas e observou-as antes de colocá-las delicadamente em cima das outras. O terceiro jogador desistiu e deixou as duas no jogo.

A carta do *turn* mostrou o 3 de copas, que não ajudava Niki em absolutamente nada. Ela olhou para o outro lado da mesa e percebeu uma leve careta. A carta não tinha ajudado Louise. No entanto, a falta de cartas boas não impediu a ruiva. Ela jogou 20 mil fichas sobre a mesa como se não fossem nada.

Para a detetive isso significava arriscar mais da metade de suas fichas na primeira rodada. Mesmo com 3 reis, Niki sentiu a tensão em seu corpo. Ela se perguntou se Louise também conseguia sentir isso. Ela esperava que a profissional confundisse com medo. Não havia medo por causa das cartas que ela segurava. No entanto, ela sentiu empatia pelos outros jogadores que enfrentavam o estilo agressivo de Louise.

Niki demorou para contar as fichas. Depois olhou-as por um longo tempo. Seus dedos permaneceram sobre elas por vários segundos depois de empurrá-las para o centro da mesa. A ruiva olhou fixamente para a nova jogadora, tentando desesperadamente descobrir o que estava por baixo das mãos.

Uma rainha de espadas surgiu no *river*, dando a Niki uma *full house*, a melhor mão disponível com as cartas à mostra. Em vez de sorrir, a investigadora fez uma careta e balançou a cabeça. Louise não escondeu a decepção, apostando 30 mil sabendo que sua oponente não conseguiria cobrir tanto.

Niki não hesitou. Ela aumentou, mas não mostrou imediatamente as cartas. Isso forçou Louise a mostrar um 2, um 4 e 9 de ouros. Ela estava blefando o tempo todo. Não foi surpresa quando a detetive ganhou a mão.

Louise olhou de relance para Niki do outro lado da mesa. A investigadora presumiu que não podia esperar ser convidada para a festa de Natal da jogadora. Não faz mal. A detetive de pernas longas queria conhecer a verdadeira Louise Drake. A melhor maneira de fazer isso era colocar a jogadora sob extrema pressão. As circunstâncias a impediram de fazer isso.

CAPÍTULO CATORZE

Os DIRETORES do torneio colocaram Louise em outra mesa depois que ela desistiu humildemente das duas mãos seguintes. Niki jogou com um estilo mais agressivo do que o normal. Os outros jogadores a tinham visto enfrentar Louise. Eles não estavam com disposição para desafiar os muitos blefes que a detetive fez.

No final do dia, Niki acumulou mais de um quarto de milhão em fichas, ficando entre os dez primeiros jogadores restantes. Ela deixou a sacola com o caixa, e resolveu ficar por perto. Muitas vezes, as fofocas abriam a porta para a solução de um caso, uma característica bem previsível da mistura de mulheres e álcool.

Ela foi ao mesmo bar onde Carol Robertson se meteu em confusão na noite anterior. Muitas das mesmas mulheres sentaram-se nas cadeiras e nos bancos, incluindo Louise e Crystal. Louise foi a primeira a dar um passo à frente.

"Esta é uma festa privada. Ninguém aqui te convidou ou te quer aqui."

Niki sorriu e deu dois passos à frente.

"Este é um estabelecimento público. Tenho o mesmo direito que você de estar aqui."

"Não é assim que as coisas funcionam por aqui, vadia", a ruiva revidou. "Eu e as garotas decidimos quem é convidado. Fizemos uma votação e você perdeu. Saia."

"O que *você* precisa fazer é sair do meu caminho", respondeu Niki enquanto tentava se desviar da mulher.

Louise estendeu a mão e agarrou o braço da detetive, um erro terrível. Isso a deixou vulnerável a vários contra-ataques, alguns que a teriam colocado no hospital em um futuro próximo. Niki, no entanto, não queria outra briga. Ela só queria marcar território.

A especialista em artes marciais agarrou o pulso da jogadora e girou a mulher em círculo. Ao mesmo tempo, Niki colocou a outra mão na garganta da adversária, reduzindo a quantidade de oxigênio que entrava no corpo de Louise.

"Eu podia ter te matado", disse Niki sem levantar a voz. "Não faça nada que para que eu me arrependa de não ter feito isso."

CAPÍTULO QUINZE

Louise e duas outras mulheres saíram do bar depois que Niki a soltou. As outras mulheres se afastaram da detetive, sussurrando entre si. Niki ocupou uma mesa no canto de trás, de frente para a porta. Nessa posição, ninguém podia chegar até ela sem ser visto. Ela não estava muito preocupada em ser atacada pelas outras mulheres, mas fez por hábito.

"O que deseja?", perguntou a garçonete sobrecarregada.

"Vou querer um refrigerante, um hambúrguer e batatas fritas."

"Achei que você sempre pedisse iscas de fígado de frango frito", riu a garçonete.

"Como sabe disso?"

"Há rumores de que a famosa Niki Dupre se juntou ao torneio. Depois de ver como lidou com aquela mulher espalhafatosa, soube que era verdade."

"Muito bem", Niki sorriu. "Vou querer o fígado de frango frito."

"Nós não servimos." A garota cobriu a boca com o bloco de pedidos. "Só pensei que era o que você sempre pedia."

"Só se estiver no menu. Vou querer o hambúrguer."

A garçonete foi embora, apenas para ser substituída por outra pessoa.

"Olá, Crystal", disse Niki. "Vai pedir para eu sair?"

"Posso sentar?", perguntou a mulher cheia de curvas.

"Claro. Desde que não esteja escondendo uma espingarda na manga."

"Odeio armas", disse Crystal enquanto se espremia atrás da mesa. "Embora eu tenha visto que você carrega uma. Eu a vi quando você e Louise brigaram."

"Faz parte do meu trabalho", disse Niki sem dar muita explicação.

"Então é isso." Crystal deu um tapinha do lado da própria cabeça. "Você é uma investigadora particular. Está aqui para descobrir quem matou Ann."

Niki acenou com a cabeça.

"Essa parece ser a única maneira de provar que Carol não a matou. O xerife está determinado a culpá-la pelo assassinato."

"Você não sabe mesmo o motivo?"

"Se você souber, seria legal da sua parte me dizer."

"Ann é, ou melhor, era sobrinha do xerife. A sobrinha preferida dele, se é que me entende. O velho a adorava", disse Crystal.

"Está me dizendo que Ann e o tio estavam envolvidos romanticamente?", Niki recostou-se contra a cadeira.

Cristal assentiu com a cabeça.

Depois que mulher de Clem o deixou, Ann mudou-se para a casa dele no dia seguinte."

"Como é que isso funcionou para eles?"

"Bem até recentemente", respondeu Crystal. "Acho que Ann percebeu que estava desperdiçando seus melhores anos com o velho."

"Ela ia deixá-lo?", Niki perguntou. "É isso que está dizendo?"

"Esse é o boato na cidade. Todo mundo diz que houve uma tragédia na noite anterior à morte dela. Dizem que foi horrível."

O pedido de Niki chegou. Ela deu um grande sorriso para a garçonete.

"Muito obrigada."

"Preciso de te fazer uma pergunta", disse Crystal. "Não vai tomar muito seu tempo."

"Eu vou comer, de qualquer maneira. Não precisa ter pressa."

"Como interpretou Louise tão bem esta noite? Era como se você estivesss olhando através dos olhos dela em vez de olhar dentro deles."

"A linguagem corporal dela", respondeu Niki. "Ela deixou isso óbvio quando blefou."

"Mas ninguém mais foi capaz de ver", disse Crystal.

"Já lidei com os piores sociopatas do mundo", disse Niki. "Depois de aprender a lê-los, descobri que com pessoas normais não é assim tão difícil."

CAPÍTULO DEZESSEIS

Niki mordeu seu hambúrguer enquanto via a jogador ir embora. Em sua visão periférica, a detetive percebeu o homem perto da porta olhando para ela. Ele parecia estar em dúvida se entrava ou saía do restaurante.

"Entre e junte-se à festa", a investigadora fez um gesto para que o detetive Steve Harris se aproximasse. "Eu recomendaria o hambúrguer. É muito bom."

Ele sentou-se desconfortavelmente, incapaz de posicionar seu corpo para a conversa.

"Pare com isso!", Niki falou. "Você deve ter vindo aqui para me dar a má notícia que o xerife apresentou queixa contra Carol."

"Como você...?" Ele engasgou. "Soube disso faz sete minutos. Mesmo em St. Francisville, os rumores não correm assim tão rápido."

"Não foi tão difícil", disse Niki. "Você estava parado na porta em dúvida se devia ou não vir falar comigo. Se tivesses boas notícias, teria sido uma decisão fácil."

"Gostava que você parasse de fazer isso", disse Harris.

"Tenho pena do seu noivo. Vai saber que ele está tendo um caso antes que ele termine de abrir o zíper das calças."

"Por isso é melhor ele nunca tenha um caso", riu Niki. "Por que não me disse que o Xerife Clem e Ann estavam cometendo incesto?"

Harris parecia chocado, bufando. Quando se recuperou, seu rosto ficou vermelho.

"Vou matar Crystal da próxima vez que a vir", ele disse. "Um dia, aquela sua boca grande vai colocá-la em apuros."

"Parece que os hormônios do xerife são mais do que um problema", disse Niki. "É verdade que Ann estava prestes a deixá-lo?"

"Não sei", respondeu Harris. "Não é da minha conta."

"Desculpe, mas discordo. Se for esse o caso, o xerife é seu principal suspeito, não Carol Robertson."

"Clem não foi visto em uma briga com Ann e depois dando um golpe na cabeça dela. Carol foi pega na gravação fazendo as duas coisas."

"Mas não era Carol que Ann estava deixando", disse Niki. "Não me diga que essa ideia nunca te passou pela cabeça."

A expressão no rosto do Harris respondeu por ele.

"Agora que você tem um bode expiatório para culpar, não tem necessidade de irritar o xerife. É isso?", perguntou ela.

"Não é que eu não tenha pensado nisso", Harris suspirou. "Mas isso não é algo que Clem faria. Ele é um cidadão íntegro."

"Ele foi íntegro quando trepou com a sobrinha?"

CAPÍTULO DEZESSETE

"Conseguiu encontrar alguma coisa?", Niki perguntou.

De volta ao condomínio, após um dia exaustivo em St. Francisville, ela esperava pelas pizzas de pepperoni que Donna havia pedido. Niki pegou duas fatias da pizza quando chegaram e deu o restante, junto com quatro tortas italianas para a amiga.

"As mídias sociais estão em alvoroço", respondeu a loira. "O boato mais quente do Twitter é que você está deixando a profissão de investigadora e indo para o Campeonato Mundial de Pôquer. A última pesquisa apontava setenta por cento."

"Não, obrigada", disse Niki. "Os homens podem ser diferentes, mas as mulheres que conheci em St. Francisville não ofereceram nenhum desafio."

"Sabes quantas pessoas neste mundo gostariam de poder dizer isso?", Donna perguntou. "Que ganhar milhões jogando cartas não é um desafio?"

"Não tenho intenção de subestimar ninguém, mas as mulheres que estão jogando lá seriam como os Yankees jogando contra o Bad News Bears. Elas eram patéticas."

"Vai voltar lá amanhã?"

"Não sei", respondeu Niki. "Vou encontrar o xerife Clem depois de comermos e ver o que ele tem a dizer."

"Isso me fez lembrar uma coisa", Donna limpou o molho de tomate do canto da boca. "Você me perguntou o que encontrei hoje."

"Presumo que tenha relação com o xerife Clem", Niki riu.

"Não exatamente, quase isso", respondeu a loira. "Tem muito a ver com a forma como ele administra seus negócios."

"Está bem, entendi. O que isso tem a ver com o caso?"

"A taxa de 10 mil dólares que Ann pagou para entrar no torneio", Donna fez uma pausa. "Veio diretamente do Fundo de Invalidez da Polícia de West Feliciana."

CAPÍTULO DEZOITO

"Meu delegado disse que você tem habilidades extraordinárias de observação", disse o xerife Clem Clement em meio a uma nuvem de fumaça de charuto. Pela experiência de Niki, a maioria dos homens apreciava o aroma de um bom charuto. Não era o caso do xerife Clem. Ele fumava os precursores de câncer com pressa, com medo de não conseguir fumar o próximo.

O teto baixo retinha uma parede de fumaça aromatizada, sem nenhuma ventilação aparente. A loira se perguntava se os relatos de danos causados pelo fumo passivo eram verdadeiros. Se fosse verdade, ela precisava verificar suas apólices de seguro.

"Vejo algumas coisas que outras pessoas deixam escapar", disse Niki.

"Parece interessante." Clem deu uma grande baforada. "Se algum dia se cansar de trabalhar por conta própria, posso precisar dos seus serviços aqui."

"Obrigada, mas gosto do meu trabalho." Niki fez uma tentativa inútil de afastar a fumaça irritante. "Gostaria de falar sobre Ann."

"Está bem", o xerife acenou com a cabeça. "Steve me disse você tinha que uma teoria absurda de que eu matei aquela garota. Pode esquecer isso."

"Bem que eu gostaria", disse Niki. "Mas nesse caso eu estaria negligenciando a minha cliente. Ela merece que eu faça um bom trabalho."

"Sua cliente matou a minha sobrinha. Temos o vídeo como prova. É tudo o que o júri vai precisar."

"Quando é que o caso começou?", Niki perguntou.

"Que caso?", Clem tentou parecer surpreso. "Não sei do que você está falando."

"Desista antes de fazer papel de idiota", disse Niki. "Achou que eu não ia perceber a caixa de cartas que escondeu debaixo da sua poltrona reclinável quando entrei? Ou as fotos viradas na prateleira? Ou as lágrimas secas em seu rosto?"

"Isso é porque eu amava a minha sobrinha", gaguejou Clem. "Qualquer tio na minha posição sentiria o mesmo."

"Então porque é que algumas daquelas fotos são de vocês dois juntos na cama? Pense bem antes de responder, xerife."

As lágrimas rolaram pelo rosto com a barba por fazer. Clem fechou os olhos e recostou-se na poltrona reclinável.

"Eu nunca faria mal a Ann", lamentou ele. "Eu a amava."

"Mas ela não o amava, xerife. Isso teve ter partido o seu coração como uma lança quando ela disse que ia embora."

O choque no rosto do velho parecia real.

"Onde ouviu uma coisa tão estúpida?"

"Você e Ann tiveram uma grande discussão na noite antes dela morrer. Foi por que ela disse que não te amava e que ia embora?"

"Não", gritou Clem. "Ela nunca disse que ia embora. A conversa foi sobre outro assunto."

"O que significa que Ann tirou o dinheiro do Fundo de Invalidez sem o seu conhecimento", disse Niki.

Se algum homem podia parecer arrasado, o xerife Clem Clemente era a prova disso. Abatido não chegava nem perto de descrever seu comportamento. Parecia que o mundo tinha entrado em erupção e desabado à sua volta. Então uma calma repentina se instalou no velho homem. Ele olhou diretamente para Niki.

"Não pode dizer uma só palavra disso para ninguém. Não sei como descobriu e não me interessa. Isso não pode sair desta sala. Entendeu?"

"Desculpe, Xerife. Os delegados e suas famílias merecem esse dinheiro. Eles merecem saber se Ann o desviou."

Quando ela se levantou para sair, uma mão puxou-a para trás.

CAPÍTULO DEZENOVE

"Eu já te disse", Clem rosnou. "O que disse sobre Ann não vai sair desta casa. Farei o que for necessário."

Niki sacudiu o ombro para se livrar, mas o xerife afundou os dedos no outro ombro. Para um homem de sua idade, Clem demonstrou uma força excepcional.

"Você não vai a lugar nenhum até me prometer que não dirá uma só palavra a ninguém."

Niki girou, batendo com um pé no antebraço dele. O impacto doeu, mas não lhe quebrou nenhum osso.

"Ninguém me vai dizer para onde posso ir", sussurrou ela. "Você pode ser o xerife da Paróquia de West Feliciana, mas não é Deus."

Para um velho com excesso de peso, Clem se movia com uma velocidade surpreendente. A arma apontou na direção dos olhos de Niki. A outra mão alcançou um rádio da polícia na poltrona reclinável.

"Este é Alfa Um para a base", disse ele. "Alguém na escuta?"

"Na escuta, Xerife. Quer mais frango frito?"

Niki riu quando as bochechas de Clem ficaram coradas. Se

não fosse pela pistola apontada para sua testa, a situação teria sido bem engraçada.

"Acabei de ouvir um vagabundo", disse o xerife. "Não quero matá-lo. Pode mandar uma viatura para verificar?"

Niki esperou que Clem desligasse o rádio.

"Então é assim. Vai atirar em mim e dizer que tentei invadir sua casa. É assim que funciona?"

Clem acenou com a cabeça.

"Tentei te avisar, mas você não quis me ouvir. Agora tem de pagar as consequências por sua teimosia."

"Como justifica isto, xerife? Mesmo alguém tão frio quanto você deve ter um pingo de decência em algum lugar lá no fundo."

"Estou fazer o que é necessário", disse Clem. "Você faria o mesmo no meu lugar. Eu sei que faria."

"Eu nunca me permitiria me colocar no seu lugar. Mesmo que o fizesse, não mataria ninguém por causa disso."

"Falar é fácil. Sou eu que vou ter que repor o dinheiro do fundo pela estupidez de Ann. Vou levar o resto da minha vida para juntar esse dinheiro."

"Mas você é o xerife há anos. Deve ter algum fundo de reserva. Por que não usa uma parte desse dinheiro?"

"Minha mulher levou tudo. Eu não estava em posição de argumentar contra ela, por causa do meu relacionamento com Ann. Ela me deixou falido."

Niki compreendeu tudo. "E foi por isso que Ann teve que roubar o dinheiro do fundo. Você teria dado o dinheiro a ela se tivesse, mas não tem um tostão."

"Implorei a ela para que devolvesse o dinheiro, mas Ann estava determinada. Eu ia recuperar o dinheiro. Minha mulher tem câncer e vai morrer dentro de um ano. Ann não quis esperar."

Clem enxugou as lágrimas com a mão livre. A que segurava

a pistola tremeu. A ponta do cano balançava para trás e para a frente da testa de Niki até o peito. As sirenes soaram ao longe. A detetive não tinha tempo a perder.

CAPÍTULO VINTE

Niki tirou o celular do coldre quando Clem olhou para as sirenes que se aproximavam.

"Estava com isto ligado o tempo todo", disse ela. "Minha amiga gravou a conversa toda."

"Você está blefando", disse o xerife, sua atenção dividida entre a tela iluminada e as sirenes que se aproximavam.

Apesar de Niki estar blefando, ela não podia recuar. Ela precisava aumentar a aposta. "Minha amiga está na linha com a polícia estadual. Você não vai conseguir escapar."

"Posso ir para Angola", lamentou Clem. "Fica apenas a quinze minutos daqui e todos os moradores de lá sabem quem eu sou."

"Devia ter pensado nisso antes. Aqui está a confirmação de que estou dizendo a verdade."

Niki estendeu o celular na mão direita cerca de 10 centímetros, mantendo-o abaixado. Clem teve de se inclinar para a frente para ver melhor, sua ampla circunferência fazendo o processo parecer uma tarefa nada invejável. Assim que ele olhou para baixo, a detetive de pernas longas atacou.

Ela passou o braço esquerdo por dentro daquele que segurava a arma e segurou-o numa posição de bloqueio. A explosão reverberou na pequena sala, aumentando a fumaça densa. Niki não se importou com a fumaça ou o barulho. Em vez disso, seu pé esquerdo explodiu no peito do homem. Clem voou para trás com um baque surdo contra a parede. A pistola voou pelo ar e caiu do outro lado da sala.

A porta se abriu. Dois policiais de West Feliciana invadiram a sala, com as armas apontadas.

"Atire na vadia", Clem tentou gritar. Com o peito esmagado, eles mal conseguiam ouvir a voz dele.

Niki ergueu as duas mãos para cima da cabeça. Ela poderia ter desarmado os dois policiais, mas isso teria causado mais complicações. Os dois homens estavam fazendo o trabalho deles. Seguindo ordens. Protegendo o chefe deles.

"Eu não queria machucá-lo", disse ela. "Não quero machucar nenhum de vocês. Se me derem uma chance, eu posso explicar."

"Eu disse para atirar na vadia", Clem murmurou. "Se não fizerem, então não se preocupem em aparecer para trabalhar amanhã."

Os policiais se entreolharam, a indecisão estampada em suas expressões. Nenhum deles tinha estado em uma situação como esta antes. Eles tinham contas a pagar e bocas para alimentar, mas o xerife estava exigindo que atirassem em uma mulher com as mãos para cima. Niki viu que chegaram a um acordo. E não foi a favor dela.

Voando pelo ar, Niki chutou a pistola do policial mais próximo. Usando o ímpeto do ataque, ela girou o policial desarmado contra o parceiro. Eles caíram um por cima do outro.

A detetive recuperou as duas pistolas, bem como a de

Clem. Depois de remover os pentes e as balas das câmaras, ela jogou as duas pistolas de volta para os policiais. E saiu da casa com a pistola de Clem.

CAPÍTULO VINTE E UM

QUANDO NIKI CHEGOU ao torneio na manhã seguinte, o detetive Harris esperava por ela na porta de entrada.

"Nada de tortas esta manhã?", ela cumprimentou o belo homem.

"Como..., não importa. Tem um minuto para conversarmos?"

"Claro. Vou pegar uma xícara de café e umas torradas. Eu pediria para se juntar a mim, mas vejo que já comeu."

"O quê?" O agente olhou para a gravata, o casaco e a camisa. Ele não viu sinais de comida derramada.

"Está tudo bem", riu Niki. "Quem me dera eu soubesse. Também gosto dos biscoitos de frango do Popeye. Eu teria me juntado a você."

Ela virou-se antes que ele pudesse responder. Então entrou e encontrou uma mesa. Ele a seguiu em silêncio.

"O que te traz aqui tão cedo pela manhã?", perguntou ela.

"Primeiro, me diga como você faz tudo isso. É assustador."

"Não há nada de assustador nisso", respondeu Niki. "Apenas conecto os fato pelo que vejo."

Harris deu outra longa olhada em suas roupas. Não havia nada ali.

"Usei três guardanapos", disse ele. "Posso ter deixado uma ou duas migalhas, mas como sabe que são dos biscoitos do Popeye?"

Niki sorriu com o desconforto dele e disse a verdade.

"Eu te vi jogar o copo de café na lixeira antes que você tivesse me visto. Quando passei, vi um saco de biscoitos debaixo do copo. Então olhei para a sua mão direita."

"Hã?", Harris olhou para sua mão.

"Seus dedos têm um pouco de manteiga. Popeye é conhecido pelas suas bolachas amanteigadas. E você não é do tipo que dispensa carne. Então, comeu um biscoito de frango."

"Não foi à toa que você ganhou todo aquele dinheiro ontem", suspirou ele. "Aposto que sabia as cartas que os outros jogadores tinham antes deles."

"Não antes, mas logo depois. Você veio aqui para confirmar a minha história sobre ontem à noite. Espera que haja muitas lacunas para que o velho Xerife Clem não se complique muito."

Harris olhou para ela com a boca parcialmente aberta. Sua boca se moveu muito antes das palavras saírem.

"Gostaria de conduzir os dois lados desta conversa ou posso dizer alguma coisa? Nada que você ainda não saiba."

"Por favor, sinta-se à vontade. Adoro ser surpreendida", sorriu Niki.

A mesma garçonete veio até a mesa. Niki pediu um café e uma torrada francesa. Harris pediu só um café. Nike virou-se para ele.

"A resposta à sua primeira pergunta é *não*. Eu não quero mudar o meu depoimento sobre ontem à noite."

Harris balançou a cabeça e checou seu primeiro item na lista.

"Faltam 75 mil dólares do nosso Fundo de Invalidez", disse

ele. "Segundo o seu depoimento, Clem sabia do roubo e não o denunciou. Isso está correto?"

"Acho que o xerife só soube depois que aconteceu", disse Niki.

"Não importa. Se ele não denunciou depois do fato ocorrido, isso é obstrução à justiça. A mesma penalidade como se ele soubesse antes."

"Junto com a tentativa de homicídio. Ele disse aos policiais para me matarem quando não conseguiu atirar. Isso foi muito cruel."

"Ele deu alguma pista de como planejava resolver a situação?"

"Seria muito mais fácil se você fizesse as perguntas de forma mais direta", disse Niki.

"Acredita que Clem matou a Ann?", Harris suspirou.

"Não sei", respondeu Niki. "Não acho que ele tenha chegado a esse ponto. Mas então, eu não pensei que ele estivesse chegado a esse ponto comigo até que ele apontou uma arma entre os meus olhos."

"É reconfortante saber que você não prevê tudo", Harris sorriu. "Sua vida seria bastante monótona."

"Acho que o Clem está se arrependendo de suas ações da noite passada enquanto conversamos. Estou certa?", Niki perguntou.

Harris acenou com a cabeça.

"No entanto, algo me incomoda. Se Clem matou a Ann, porque ele plantou o dinheiro? Porque não o devolveu para o fundo?"

"Estava faltando uma parte", respondeu Niki. "Ann usou 10 mil para a taxa de inscrição no torneio. Ainda estaria faltando uma parte, mesmo se ele tivesse devolvido."

"Algo mais?"

"Ele precisava de um alvo fácil. Ele pode não saber das filmagens, mas sabia da briga."

Harris balançou a cabeça.

"Porque é que sempre que falo com você, sei menos do que sabia antes?"

CAPÍTULO VINTE E DOIS

Niki pegou as fichas no caixa e foi para uma mesa perto do restaurante. Ela podia ver o detetive Harris na mesa fazendo anotações.

Louise sentou-se dois lugares à direita da detetive. Na maioria das mãos, a profissional jogaria antes de Niki. O torneio elevou as apostas do dia anterior. Cada mão começou com 10 mil dólares de fichas no início das apostas.

Na primeira mão, Louise aumentou a aposta. Todos os jogadores, incluindo Niki, dobraram. E aconteceu novamente na segunda mão.

Quando Louise aumentou na terceira mão, Niki e um outro jogador cobriram o aumento. A detetive viu pela sua linguagem corporal que Louise não tinha nada. A ruiva esperava blefar com os outros jogadores ou conseguir algumas cartas favoráveis.

A outra jogadora era mais difícil de ler. Ela jogava de forma conservadora, tendo pelo menos uma boa carta antes de apostar. Sua fraqueza apareceu quando ela colocou demasiada fé em um Às. Ela apostou até o fim. Pela forma como ela olhava para as cartas, Niki concluiu que ela tinha um Às e uma carta menor.

Niki tinha 2 reis. Boas e más notícias. Bom, que venceriam qualquer par exceto os ases. Ruim porque as probabilidades de melhoria eram mínimas, em torno de um por cento. O fracasso dominava seus pensamentos.

Apareceram um 2 de paus, um 7 de ouros e um 9 de copas. Uma rápida olhada e a detetive concluiu que aquelas cartas não ajudariam nenhum dos seus oponentes. Niki estava confiante de que tinha a melhor mão até agora.

Louise liderou com um aumento de 20 mil. Niki cobriu e aumentou 40 mil. A outra jogadora jogou as cartas na mesa com raiva. Ela não gostou por ter desistido de um Às.

Louise encarou o aumento como se estivesse confiante de que tinha as cartas certas. Pelo menos seus olhos mostravam isso. A parte inferior de seu corpo estava inquieta pela tensão.

O carteador mostrou a rainha de espadas. Imediatamente, a postura de Louise mudou. No mesmo instante, Niki sabia que a ruiva agora tinha um par. Talvez dois. Se Louise tivesse um par menor antes, ela teria agido da mesma forma, sabendo que pares maiores poderiam vencê-la.

Quando a tensão passou, a detetive de pernas longas achou que sua oponente tinha dois pares, vencendo seu par de reis.

Louise tentou tirar Niki da jogada, não apostando dessa vez. Niki sentiu-se aliviada. Ela não teria que decidir se apostava ou dobrava. Em vez disso, ela seguiu em frente.

Quando a carta *river* virou, Niki conteve a euforia. O 2 de espadas. Um par na mesa, dando a detetive uma mão melhor do que ela presumiu que Louise tinha. A ruiva manteve o par alto visível, as rainhas. Além disso, ela tinha um segundo par. Sua linguagem corporal exalava confiança.

"Aposto tudo", disse Louise, empurrando uma grande pilha de fichas para o centro da mesa.

Os espectadores se aglomeraram ao redor da mesa. As duas maiores pilhas de fichas brigavam entre si. Se Niki apostasse, só uma das duas venceria. Ou a recém-chegada ou a profissional.

Niki hesitou. Se estivesse errada, qualquer chance de ganhar de Louise iria por agua abaixo. A detetive repassou as imagens de Louise após os últimos movimentos. Então ela viu Steve Harris na multidão sorrindo.

"Confie nos seus instintos. Eles são bons", ele murmurou.

Niki devolveu o sorriso e apostou.

"Aposto tudo."

CAPÍTULO VINTE E TRÊS

Louise saiu furiosa da sala, praguejando mais a cada passo. A profissional tinha uma boa mão, mas não boa o suficiente.

Niki permaneceu sentada, com uma pilha de fichas maior do que a qualquer jogador que restava no torneio. Crystal Mayes ficou em segundo lugar, bem à frente dos outros jogadores.

Depois que a ruiva foi embora, Niki acabou com os outros jogadores. Ninguém ousou desafiar seus blefes. Suas próprias tentativas patéticas de enganar falharam miseravelmente. No intervalo do almoço, todos foram embora, exceto um, que perdeu suas fichas para a loira. Niki deixou a enorme pilha no caixa e foi se sentar com Steve Harris na mesma mesa.

"Bem, isto é uma surpresa. Está cansado que eu diga o que você comeu e quer que eu esteja aqui para te ver comer de verdade?"

"Algo assim", respondeu o belo detetive. "Tenho informações que podem ajudar sua cliente."

"Então o almoço é por minha conta," Niki sorriu. Ela

sentou-se no lugar ao lado de Harris. "Posso precisar de todas as boas notícias que puder me fornecer."

"Lembra que a fita de vídeo mostrou que Carol bateu em Ann com a mão aberta?"

"Você usou isso como evidência do seu caso", disse Niki. "Embora eu discorde que Carol tenha força suficiente para matar alguém com um tapa."

Harris franziu a testa. "Você nunca se cansa, não é?"

"Não faço ideia do que está querendo dizer", Niki sorriu. "Você disse que tinhas boas notícias. Quero saber se valem um almoço."

"Como sempre, você está certa", respondeu o detetive. "O legista disse que o tapa de Carol não poderia ter causado a morte de Ann."

"Isso vale o almoço. Quando vai liberá-la?"

Harris negou com a cabeça.

"A decisão não é minha. Clem tecnicamente ainda é o xerife. Ele tem a autoridade."

"Como assim?"

"Todo cidadão tem o direito de alegar inocência. Clem ainda não foi considerado culpado de nada."

"E ter amigos no tribunal só ajuda", Niki desabafou.

Harris só conseguia concordar com a cabeça.

"Enquanto isso, Carol é acusada injustamente", a voz de Niki se elevou. "Que sistema de bosta vocês têm aqui."

O detetive permaneceu em silêncio.

"Tem ideia do que matou Ann?"

"Algo redondo e duro com alguma reentrância."

"Me parece um punho fechado", disse Niki.

Harris balançou a cabeça.

"Não, a menos que fosse feito de aço."

CAPÍTULO VINTE E QUATRO

No FIM DO DIA, Niki acumulou mais de três milhões em fichas. A Crystal permaneceu em segundo lugar, quase um milhão atrás. A detetive de pernas longas teve vontade de comemorar e foi buscar Donna para irem ao seu restaurante favorito.

Linda's Fish & Chicken não tinha a decoração do Mansur's no Boulevard. Nem tinha os mesmos preços. Havia um item no cardápio que Niki achara irresistível; fígados de frango frito Cajun. O jogador do time de futebol do ensino médio os apresentou a ela quando ainda era a capitã das líderes de torcida do Central High. Apesar de todos os maravilhosos frutos do mar servidos pelos grandes restaurantes da região, essas pequenas iguarias eram saborosas e a atraíram como um ímã.

Donna nunca se contentava com uma simples entrada. A loira transformou-se numa lenda viva no estabelecimento. As apostas mudaram de mãos no momento em que ela entrou. Muitas vezes o salário de um dia era revertido na quantidade de comida que a jovem consumia.

"O de sempre", disse Niki, embora ela não precisasse de ter se dado ao trabalho. A garçonete já tinha escrito um refrigerante de cereja, fígados, e picles e sopa de acompanhamento.

"Vou começar com dois cheeseburgers triplos." Donna olhou o cardápio como se nunca o tivesse visto. A garçonete esperou. Ela sabia o que mais estava por vir.

"Quero dois cestos de filé de bagre, dois pedaços de boudin, frango, pastalaya e um pequeno jambalaya."

"Por que um pequeno jambalaya?", Niki perguntou.

"Quero deixar espaço para a sobremesa", respondeu a loira.

"E apenas dois cheeseburgers triplos? Está economizando?"

"Na verdade, não", respondeu Donna. "Tenho que cuidar da minha dieta. Isso é um começo."

"Não tome nenhuma decisão precipitada, como pedir uma salada", Niki riu. "Odiaria te ver fazendo mudanças radicais de uma só vez. Pode afetar sua aparência e todos os homens da sua vida ficariam muito desapontados."

"Todos os homens que me interessam acabam sendo gays ou assassinos em série. Não tenho sorte."

"E não terá se parar de jogar", disse Niki. "Descobriu alguma coisa sobre o caso?"

"Sei qual é a arma do crime, mas não sei quem a usou."

"Como você sabe? Ainda não te contei o que o legista falou."

"Não quis esperar por você", disse Donna. "Entrei no sistema e olhei. Não foi tão difícil."

"E?"

"Uma meia cheia de pedras. Muitos jogadores em St. Francisville as usam. Barato e fácil de guardar em uma bolsa. Não precisa de autorização para comprar."

"Agora só preciso descobrir qual foi a meia que matou Ann", suspirou Niki.

CAPÍTULO VINTE E CINCO

Quando Niki voltou, já tinha perdido duas rodadas. Aquelas que ela teve que pagar aos funcionários para lhe guardarem o lugar. Pouco importava. No início da tarde, nove jogadores perderam todas as suas fichas. A loira manteve a liderança e Crystal liderou todos os outros. Como líder das fichas, a detetive tornou-se o alvo de todos os jogadores restantes. No entanto, eles precisavam ter certeza antes de desafiar a enorme pilha de fichas.

O fator medo venceu. Todos os oito jogadores evitaram o confronto com Niki e trabalharam para eliminarem uns aos outros. A detetive deixou o jogo acontecer, feliz por ir enfrentando um a um dos restantes até o final. Tinha uma boa ideia de qual seria o jogador. Ela pegou algumas mãos onde as suas cartas dominavam. Viu uma cadeira atrás da outra ficando desocupada.

Para sua surpresa, Steve Harris sentou-se ao lado da mesa, observando o jogo. A verdadeira surpresa veio momentos depois, quando Carol Robertson se sentou ao lado dele. A professora sorriu de orelha a orelha. Então Niki lembrou-se que o xerife Clem foi a única razão pela qual Carol tinha sido presa. Se não fosse por ele, a jogadora nunca teria passado uma noite atrás das grades.

Quando Carol olhou novamente, as lágrimas escorreram pelo seu rosto. Lágrimas de alegria. Harris ofereceu um lenço de papel à sua nova amiga. Isso deu a Niki uma ideia; uma forma de provar a identidade do verdadeiro assassino.

Como esperado, Crystal levou os outros jogadores ao limite com apostas incansáveis. Nenhum deles tinha como saber quando ela realmente tinha a melhor mão ou estava blefando. Estavam mais errados do que certos. Em apenas um curto período, a profissional olhou para a única jogadora que restava na mesa; Niki Dupre.

O coordenador do torneio se aproximou da mesa. Três guardas de segurança robustos o seguiram, cada um carregando duas sacolas. Quando despejaram o conteúdo, o dinheiro cobriu a grande maioria da superfície. O total que iria para o vencedor era de quase três milhões de dólares, o maior prêmio de todos no torneio local.

Niki sorriu. Ela podia jurar que viu baba se formando nos cantos da boca de Crystal. Essa observação foi confirmada quando a jogadora pegou num lenço de papel. Foi quando a Niki teve certeza de seus planos.

CAPÍTULO VINTE E SEIS

Apesar de Crystal ter vencido os outros jogadores, Niki começou a rodada final com uma vantagem significativa. Eles trocaram fichas pelas primeiras quatro mãos, nenhuma delas afetando a pilha de fichas da outra. Como planejado, Crystal ficou impaciente e pressionou a ação.

Niki tentou não sorrir. Foi difícil. Sua adversária era tão fácil de ler como os quadrinhos de domingo. Quando tinha uma boa mão, Crystal segurava suas cartas longe do corpo na mão direita. Quando as cartas eram boas, mas não ótimas, ela as segurava com ambas as mãos perto do corpo.

Só quando ela blefou é que a profissional colocou as cartas na mesa com uma pilha de fichas em cima.

Com este conhecimento, Niki só tinha que esperar pela oportunidade certa. Foi preciso um pouco de paciência. Somente na décima oitava mão Cristal blefou. Ela colocou as duas cartas na mesa junto com dez fichas de 25 mil dólares.

"Aumento 200 mil", disse com confiança.

Niki hesitou e pigarreou. Primeiro ela olhou novamente para suas cartas. Depois para as pessoas, incluindo Steve e

Carol. Em sua visão periférica, a detetive viu que Crystal comprou o blefe por completo. Ela pagou o aumento.

E então, o fracasso.

Niki olhou para Crystal em vez das cartas. Quando o carteador revelou as três cartas, a detetive sabia que não ajudariam a mão de sua oponente.

No entanto, ajudaram Niki. Ela tinha dois pares, uma boa mão na maioria das vezes e uma ótima mão com apenas dois jogadores. Mas a profissional demonstrou apenas medo e decepção com o fracasso. Qualquer um que olhasse para ela teria adivinhado que a mão dela não era a melhor.

"Aumento 500 mil dólares", disse Crystal com mais confiança.

Niki respirou fundo. Um suspiro. Ela olhou novamente para suas cartas. Em seguida, para sua pilha de fichas. Depois para Crystal. A detetive esfregou os dedos longos na têmpora. Depois rangeu os dentes. Finalmente, balançou os longos cabelos loiros.

"Aceito", disse ela mansamente.

Ela empurrava as fichas uma de cada vez, como se estivesse se despedindo de cada uma delas. A reação de Crystal foi um leve dar de ombros. Ela esperava que Niki desistisse.

O carteador revelou próxima carta. A reação foi imediata.

CAPÍTULO VINTE E SETE

Os OLHOS de Crystal eram puro êxtase quando o Às de espadas apareceu. Seu alívio não podia ter sido interpretado de outra forma. Ela fez uma pequena tentativa de escondê-lo. Niki sabia que sua adversária tinha um Às, dando-lhe um par. Ela só podia esperar que fosse o único par na mão ou na mesa.

Crystal pegou suas cartas e segurou-as com a mão esquerda perto do corpo. Sua mudança de atitude fez com que ela aumentasse a próxima aposta.

"Um milhão de dólares."

Niki não precisava mais agir. Ela estava em um dilema. Se Crystal tivesse apenas o par de ases, os dois pares na mão da Niki ganhariam. Uma dúvida surgiu. Os ases valiam mais do que qualquer um dos pares da profissional.

Ela relembrou os movimentos de Crystal a cada mão. A detetive de pernas longas tinha apenas os seus poderes de observação para decidir.

"Eu pago", disse ela.

A tensão na sala parecia palpável, algo que Niki podia

alcançar e tocar. Quando o rei de paus apareceu como a quinta e última carta, não houve nenhum som na sala.

Niki não viu a carta quando o carteador a virou. Ela viu Crystal. Ela continuou segurando as cartas na mão esquerda perto do corpo. O rei não tinha ajudado a profissional.

A loira enxugou o olho esquerdo. Depois, o direito. Bebeu um longo gole de água. Ela tirou um lenço de papel da bolsa e enxugou os lábios.

"Aposto tudo", Crystal anunciou com um enorme sorriso.

Niki hesitou. Não porque não sabia o que fazer. A detetive queria desarmar sua adversária.

"Eu pago", disse a detetive sem alterar a voz. "Mas primeiro, tenho que te dizer uma coisa. Eu sei que você matou Ann Clement."

Crystal esteve perigosamente perto de cair da cadeira. "O que você está dizendo? Eu não matei aquela vadia."

"Nós duas sabemos que sim", respondeu Niki. "E eu posso provar isso."

A detetive virou-se e pediu a Steve Harris que se aproximasse da mesa. Quando ele parou ao lado dela, Niki apontou para a bolsa de Crystal.

"Cuidado com a bolsa e certifique-se que ninguém a toque."

"O que é isso?", Cristal exigiu. "Está tentando ganhar tempo porque sabe que perdeu?"

"Trata-se de algo muito maior do que esse jogo", respondeu Niki. "É sobre o assassinato de Ann Clement."

"Nunca toquei na vadia", Crystal bradou.

"Concordo", Niki acenou com a cabeça. "Você nunca a tocou. Mas não se pode dizer o mesmo daquela meia de cheia de pedras na sua bolsa. Você atingiu Ann na lateral a cabeça com isso."

"Por que eu faria isso? Carol já tinha ganho as fichas dela. Ann não era uma ameaça."

"Você sabia que ela tinha dinheiro para voltar a jogar. Foi você que me contou sobre o dinheiro reserva", disse Niki.

"E daí? Eles encontraram o dinheiro com Carol. Era ela que tinha o dinheiro. Não pode jogar isso em cima de mim."

"Você colocou o dinheiro no carro de Carol depois que ela desmaiou. Aposto que as suas impressões digitais estão lá."

Crystal parecia um animal encurralado, sem ter para onde correr. Seus olhos arregalados se moviam sem parar.

"Ela... ela me mostrou o dinheiro enquanto bebíamos. Eu peguei e segurei por um segundo. As minhas impressões digitais devem estar lá."

"Obrigada por admitir que tocou no dinheiro. O detetive já verificou e não conseguiu encontrar suas impressões digitais."

"Se essa é a prova que tem, então está com sérios problemas, minha senhora," Crystal zombou.

"Tenho mais provas, mas primeiro, eu pago o seu aumento."

CAPÍTULO VINTE E OITO

"Pode mostrar seus ases", disse Niki. "Não vão ganhar essa mão."

A boca de Crystal se entreabriu, a mão tentando cobrir os lábios. Seus olhos se arregalaram. Sons saíram, mas sem palavras. Então ela fechou a boca e olhou fixamente para Niki.

"Você tem uma meia cheia de pedras. Meu palpite é que o detetive Harris vai encontrar o DNA e sangue da Ann nessa meia. Talvez alguns fios de cabelo."

"O quê?", Crystal parecia perplexa.

"Não se pode bater em alguém com tanta força sem levar um pedaço da pessoa junto com você. Células epiteliais ficam incrustadas nas fibras da meia."

"Quer me entregar a meia agora ou esperar por um mandado?", Harris perguntou.

Crystal hesitou. Ela estava presa e sabia disso. Ela deixou escapar um longo suspiro. Depois desviou o olhar de Harris para Niki.

"Sabe por que a matei?"

"Você enfrentou Ann nas finais quatro vezes. Todas as

quatro vezes, ela te derrotou. Tenho certeza de que ela percebeu os mesmos sinais que eu."

"Não tenho nenhum *sinal*", disse Crystal. "Ann continuou tendo sorte, assim como você. Talvez mais. Ela é a pessoa mais sortuda do mundo."

"Só que ela já não está mais viva."

"Vou te entregar a meia", disse Crystal.

Quando a mão dela alcançou a bolsa, a jogadora arremessou a ponta da arma caseira na cabeça de Niki. A meia com pedras errou o alvo. Mas o pé de Niki não errou. E partiu os ossos orbitais em volta da órbita ocular de Crystal. E então ela caiu no chão.

CAPÍTULO VINTE E NOVE

"Isso foi incrível", disse o detetive Harris depois que os paramédicos levaram Crystal algemada e com ferros na perna, embora isso não fosse necessário. "Lembre-me de nunca jogar pôquer com você."

"Vamos lá, não gosta de um desafio?", Niki sorriu.

"Desafio e suicídio são coisas completamente diferentes." Harris balançou a cabeça. "Além disso, não sou um bom jogador."

Niki acenou com a cabeça para Carol. "Tenho um pressentimento que está prestes a melhorar."

Harris corou e sorriu quando se virou para olhar Carol. Quando se virou novamente, perguntou: "O que vai fazer com o dinheiro? É uma mulher rica agora."

"Eu já era antes do torneio", disse Niki sem se gabar. "Vou doá-lo ao Fundo de Invalidez do Gabinete do Xerife de West Feliciana."

Agora era a vez de Steve ficar sem palavras.

"Muito obrigado. Vai fazer uma grande diferença já que nunca vamos recuperar todo o dinheiro que Ann roubou."

"Não precisa agradecer", respondeu Niki.

Harris olhou novamente para Carol e se voltou para Niki.

Ela falou antes que ele pudesse continuar.

"A resposta é não. Se não der certo entre você e Carol, não vou jantar com você. Já estou noiva."

Caro leitor,

Esperamos que você tenha gostado de ler *Assassinato Nas Cartas*. Reserve um momento para deixar uma crítica, mesmo que curta. A sua opinião é importante para nós.

Atenciosamente,

Jim Riley e Next Chapter Team

NOTAS

Assassinato no Lago Palourde é o segundo dos três livros da série Hawk Theriot & Kristi Blocker. O terceiro, ***Murder by Rougarou***, será lançado em breve. Ele apresenta uma dupla dinâmica com desafios ainda maiores.

Tirei uma grande folga literária com a geografia e os dados de St. Mary Parish e Morgan City. São maravilhosos e uma ótima maneira de vivenciar a cultura Cajun. Morei lá por mais de quatro anos e achei um dos lugares mais incríveis do planeta se você gosta de viver ao ar livre, de boa culinária e de pessoas notáveis.

Tenho tantas pessoas a quem agradecer:

A minha família, Linda, Josh, Dalton & Jade.
David e Sara Sue
C D e Debbie Smith
Meu irmão e cunhada, Bill & Pam.

Minha irmã, Debbie.
A minha cunhada e seu marido, Brenda & Jerry
A turma da Escola Dominical em Zoar Baptists.

76

Assassinato Nas Cartas
ISBN: 978-4-82412-728-0

Publicado por
Next Chapter
1-60-20 Minami-Otsuka
170-0005 Toshima-Ku, Tokyo
+818035793528

26 fevereiro 2022